U0508559

中国诗人

归去来兮
著

YI●
遗
LUO●
落
DE●
的
YU●
羽
YI●
衣

北方联合出版传媒（集团）股份有限公司
春风文艺出版社
·沈 阳·

图书在版编目（CIP）数据

遗落的羽衣／归去来兮著. —沈阳：春风文艺出
版社，2020.6（2021.1重印）
（中国诗人）
ISBN 978-7-5313-5805-3

Ⅰ.①遗… Ⅱ.①归… Ⅲ.①诗集—中国—当代
Ⅳ.①I227

中国版本图书馆CIP数据核字（2020）第093005号

北方联合出版传媒（集团）股份有限公司
春风文艺出版社出版发行
http://www.chunfengwenyi.com
沈阳市和平区十一纬路25号　邮编：110003
永清县晔盛亚胶印有限公司印刷

责任编辑：韩　喆　　　　　　责任校对：曾　璐
装帧设计：琥珀视觉　　　　　幅面尺寸：125mm × 195mm
印　　张：5.5　　　　　　　 字　　数：101千字
版　　次：2020年6月第1版　 印　　次：2021年1月第2次
书　　号：ISBN 978-7-5313-5805-3
定　　价：48.00元

自　序

一

岁月无痕，只留下片片诗句。

仿佛被掠去的花仙子，惊慌中遗落的羽衣。

二

诗的国度，诗人已经谢幕。

我不是诗人，我只是偶尔偏离灯红酒绿的俗街，走进逼仄的诗巷。

三

不敢诗言志，因为志已空。

只把诗说情：亲情、爱情、友情、真情、此景此情。

四

以古体诗为骨，曰《诗骨未寒》。

以新体诗为心，叫《诗心落魄》。

五

在物欲横流的当下，难得心存一方净土。

哪怕只是一小块，那也会是人性的窠巢。

六

分得清善恶，是写诗的底线。

只为苍生说人话，不为邪恶美半言。

七

诗，写给自己，也是写给他人。

诗可以朦胧，但还是得让人基本能懂。

八

当代人写诗不是给古代人看的。

所以，当代人的旧体诗应该用新韵。

目 录
CONTENTS

诗心落魄

目　　录
CONTENTS

目　　录
CONTENTS

诗骨未寒

目 录
CONTENTS

目 录
CONTENTS

目　录
CONTENTS

目　录
CONTENTS

诗心落魄

病毒来袭

多难过后，反思才能兴邦。

以为你在黑暗的角落里永远蛰伏

其实我们的血液早已被你侵入

你终于等来一个时机

依附在流言身上到处散布

生命在你的淫威中喘息

希望在你的蹂躏下痛哭

生活在你面前凌乱

良知在你面前止步

人们只能用口罩捂住说话的嘴

人们只能用护镜遮蔽观世的目

你让我们疏远相互的距离

你让我们堵住彼此的心路

信用因你而违约

亲情因你而反目

你用死亡践踏着人们的尊严

逼迫我们不得不承受屈辱

不，这不是我们的劫数

既然我们是人

就有人应该有的愤怒

我们是十四亿鲜活的生命

我们是不屈的民族

即使戴多少顶金冠

你也是人类厌恶的病毒

你绝不可能永远猖獗

我们的命运也不会让你永远做主

一个、十个、千百个

聚少成多的灵魂

一定要向你发起报复

当春天再一次来临

人们的愤怒汇成天火

必将吞没你邪恶的毒株

那时，你将被烧成灰烬

也一定将葬身无处

2020 年 1 月 30 日于新冠肺炎肆虐之时

伤感之城

到处大片的墓地，生年各异，卒日相同，让人心灵震撼。亚丁桥、Ｖrbanja桥、战争墓地、不熄之火、血迹雕刻、旧壁弹痕、东西文化分割线、描绘战争的油画和忧郁的笛音……到处是战争难忘的记忆。愿这个世界不再有战争，只有自由、平等与和平。

如果没有战争

墓地怎会有许多的儿童

那哭泣的灵魂

看着游人的笑容

白色的墓碑

仿佛街头散落的血红

血小板凝结的历史

黑色的记忆

飘荡于巴尔干的天空

子弹堆积成恋人的界河

撕裂青春的坚忍的柔情
米里雅茨河微波荡漾
那是恋人们诀别时的叮咛

仇恨的火海遗留一束不熄的火种
战争的灰烬却用来祭奠和平
死去的冤魂企图奔向蓝天
愤怒的呐喊汇成火焰的轰鸣

街边残壁上斑驳的弹痕
是穿过岁月沧桑流泪的眼睛
历史在哭泣中凝视过去
能否挡得住未来的寒风

忧伤的竖笛环绕大厅
飘落渴望与凄凉的人生
如期而来的圣歌
提醒每一个无奈的宿命

欲望与偏见是战争的根源
制造死亡、苦难和贫穷

微笑与热情在人们脸上
而悲伤和忧郁藏在他们心中

萨拉热窝
美丽的伤感之城

2019年9月6日于莫斯塔尔

雪

雪之晶莹源于水之清澈，都是大自然的馈赠。冬日之雪，冰清沁骨；夏日之雨，温暖入心。大雪漫天，仿佛玉龙鳞落，独立其中，悠悠然不知何处。淫雨霏霏，恰似银丝天降，置身于内，爽爽乎怡然自得。

雪是雨的戎装
雨是雪的灵魂
雪因雨而清澈
雨因雪而缤纷

2019年2月15日

冬 至

自然的冬天好过，心中的冬天难挨。

其实，冬天早就到了
只是寒风尚未刺骨

西伯利亚的寒流
很早，持续来袭
风凄雨苦
大西洋的暖风
偶尔，冰雪消融
雨润风舒

旧年的冰凌还未消尽
新一轮严冬再次冷酷
一步步逼近
人们只道是偶感风寒
随便增添几件衣物
一点点压迫

人们只以为早晚的清凉

安睡时多铺盖一层被褥

其实，冬天早就到了

只是寒风尚未刺骨

而今天

严冬大张旗鼓地宣布

冬天已至

不再掩人耳目

这一轮冬天

虽然来得较晚

却更漫长而严酷

冬天真的来了

落日苍苍

雪虐风呼

冬天到了

春天的记忆

已经淡去和模糊

你可曾记得

那春的归路

2018 年 12 月 22 日冬至

告别故乡

——致一位女士

鸟出金笼，一点青霄里，千声碧落中。
鱼归大海，虽相濡以沫，不如忘江湖。

走了
记忆与岁月留在故乡
走了
委屈与期望塞满行囊

曾经的海誓山盟
已经撒在浩瀚的大洋
曾经的酸甜苦辣
正在独自反刍和品尝
过去的每一滴泪水
都在绝望的土地上流浪
未来的每一点乡思
都在希望的田野里流亡

走了

就不敢回望

那些许的不舍与眷恋

那无尽的悲愤与忧伤

走了

就不忍回望

那故土的骄阳与冷月

那大海的惊涛与骇浪

走了

就不想回望

那人心的冷酷与无情

那世相的丑陋与伪装

走了

就不能回望

那曾经的痛苦与灾难

那过去的犹豫与彷徨

走了

以爱情的名义

让生命去绽放

2018年7月

晒秋人家

千百年的习俗，是生活的点点滴滴融入时光，融入四季，融入人的心底。

把阳光晒进花蕾

把时间晒进果实

把劳动晒进风景

把色彩晒进梦里

把芳香晒进风中

把音乐晒进心底

把希望晒进未来

把诗歌晒进记忆

把春天晒进深秋

把盛夏晒进冬季

把云晒进山

把我晒进你

2018年5月16日于婺源

残　荷

残荷，也是荷！当今物欲的世界，独身难善，只得在心底深处，保留一方净土。哪怕只是一小块，只要还存在着，就不会彻底沉沦于世俗的污浊。

我到这山里寻你
寻你圣洁的芳姿
以为你刚刚出了淤泥
骄傲地释放不染的勇气

但我还是错了你的花期
岁月已经将你掠去
几团莲叶漂浮在池塘
那是你惊慌中遗落的羽衣
只有两朵鲜嫩的莲蓬
摇曳在那天的风里
仿佛你的两声叹息

2017年9月2日

我知道，你就在这里

为了忘却的纪念，纪念一个时代，一件事，一个人。

我知道，你就在这里

虽近在咫尺却远若千里

被恶魔肆虐的身躯

肉体，渐被噬食殆尽

傲骨，仍然嶙峋挺立

生命不再久长

却注定是一段遥远的历史

你用理性教化愚昧

愚昧，却总是为虎作伥

你用平和对抗暴虐

暴虐，却总是变本加厉

你用言语直面刀枪

刀枪，却总是毫不犹豫

你用文字面对寒冬

寒冬，却总是三番五次

你没有敌人

敌人，却狰狞着置你于死地

只身赴难，坚定而不移

不肯避难，毅然而不弃

你让高尚更加高尚

你让卑鄙更加卑鄙

黑夜，因你才知黎明不远

冬季，因你才知春天将至

当自由是禁锢的理由

禁锢就是未来的荣誉

看那天火已经燃起

在街上、在广场、在高堂

在人的心底

我知道，你就在这里

我已经感受，你那平和的呼吸

世界已在为你而激动

苍天也在为你而哭泣

你是魔鬼口中的魔鬼

你是天使心中的天使

你用生命做最后的呐喊

必将化作无数人启程的长笛

2017年7月，时雨

秋　至

原以为春夏秋冬，平平常常。闲来掐指一算，人生不过几十年，春来秋去无几回。每一个季节，每一天，都弥足珍贵。

秋雨淅沥

撕裂这秋夜

敲碎我的思绪

垒成金色的梦呓

晨起，叶落满地

秋风乍起时

相互拥抱着

窃窃私语

三两只小犬

院内嬉戏

也在彼此问候

渐浓的秋意

行人像时光

冷漠地来来去去

秋阳惨淡

释放漫天怨气

寒来暑往

春来冬去

其实，季节

在人的心里

2016年10月5日

秋 景

城市里，秋色索然，只能外勉强于目，内寄托于心。

城里，湖边
垂柳，小船
秋风渐冷
水波微涟

落日，晚霞
钓翁，残莲
黄昏已近
远影阑珊

归鸭，曲径
孤亭，假山
游人散尽
夜冷灯寒

秋水望穿

等一个

漫长的冬天

2016 年 10 月 4 日

心之故乡

心有戚戚焉，然心戚戚矣。

生存与灵魂，如何平衡？

飘零于旧梦，沉溺于世俗，欲出乎其类而不能，想拔乎
其萃而不得，只能留一方旧土在心，偶尔去转转，偷得
一丝清闲。

漫步在故乡的街道

霓虹闪烁着城市的喧嚣

月亮悬挂在半空

仿佛老人的眼

从云翳透过孤独和衰老

月是故乡明

就在故乡的我

故乡却与我千里遥遥

我的故乡在何方

居家的游子何故乡思难熬

我的故乡在远古

那里轻财重义、守诺纯朴

赴死守职的齐史

九泉下在含笑还是在痛哭

抚琴的伯牙和砍柴的子期

把高山流水奏作千古一曲

那饥饿的逃难之人哪

仍有着嗟来不食的傲骨

还有舍命相惜的羊左情深

和侠肝义胆的荆轲专诸

让后世讥笑的宋襄公

你的尊礼守义再也无人可读

不肯失诺的刘平

拜辞老母去赴强盗烹煮

持节不屈十九年

是放牧于贝加尔湖的苏武

野亭候期的太守

为一个孩子也不失风度

不愿贪生说谎

高允划定一个伟人的高度

还有

不肯折腰的田园归隐

年后归狱的四百死徒

远古的故乡啊

那里有我最古老的基因

还有祖先的气节和风骨

我的故乡在诗中

那里真诚瑰丽、美视美听

月出皎兮的纯情

宛若初出清水的芙蓉

日月忽其不淹兮的慨叹

人生的时光自古就是那么匆匆

指日月使延照兮

你知我知，还有天地的眼睛

举杯邀月的狂放高傲

是否也如我一样的孤单形影

天山升起的明月

可曾照进征夫们蹒跚的夜梦

仰望秋月的古人

此时可有谁与我情同

春江流到秋日

还能否见到花林里的残红

梨花一枝春带雨

自是人生长恨水长东

独上西楼的李煜

无言面对着那阵阵晚风

把酒问天的东坡

也会断肠于月下的短松

浔阳江头的青衫湿尽

可否真的因为琵琶女的啼血悲声

诗中的故乡啊

有我青年的残梦

魂牵梦萦，穿越时空

我的故乡在山里

那里淡泊恬静、悠然惬意

远离城市的繁华

更没有风尘里的灯红酒绿

山脚下的曲径尽处

草堂、小院

还有一弯耕地

遥望远山

偶尔会有大雁飞过

春来秋去

春天，百花摇曳，百鸟鸣欢

夏天，绿树成荫，山青水急

秋天，色彩缤纷，烟雨萧瑟

冬天，白雪皑皑，冷风凄凄

闲暇时

读几页闲书，写两句小诗

忧郁时

烹一壶清茶，抚一首古曲

高兴时

召几位酒朋，会两位诗侣

日出而作，日入而息

也有阳光，也有风雨

也有欢笑，也有悲泣

欣喜于初春远有近无的嫩绿

伤感于仲秋万物自然的凋敝

山里的故乡啊

月亮的清辉给我灵魂的洗涤

窗外的风雨是我催眠的夜曲

我的故乡在水边

那里湖光潋滟、小溪潺潺

门前青竹八九枝

几上老酒一两盏

坐看春江水暖

卧听秋雨绵绵

杨柳青青影对语

秋水依依共天蓝

佐餐有绿色的野菜

烹茶用甘冽的清泉

清澈溪水里鱼儿浅底

林荫小道边野花烂漫

湖边垂钓，看几团莲叶飘零

岸边漫步，听两只雨燕呢喃

把酒言欢朋满座

对月当歌影自怜

田间荷锄，烈日炎炎遮阳帽

林中采青，小雨沥沥竹枝伞

冬寒夏暖体会世态炎凉

春去秋来感慨时光流转

泛舟湖中

暮霭沉沉不现岸

波光荡漾水中天

我水边的故乡啊

那里有我不尽的思绪

和难以忘怀的夙愿

我的故乡在江南

那里诗情画意、清秀山川

漫步西子湖畔

看苏堤春晓、映月三潭

在桨声灯影里的似锦秦淮

感受繁华尽处的春宵苦短

巫山云雨，听渔歌互答

漓江秀美，看百舸千帆

闲来书场小坐

一杯清茶，一曲评弹

馋时漫步曲巷

小吃两样，浅饮一碗

山不在高，但得风花雪月

水不在深，须有波光云帆

看美女如云

浓妆淡抹的小家碧玉

古韵典雅的大家名媛

信步拾阶，白墙民居覆碧瓦

流连忘返，曲径园林通幽潭

富春江边观鲈鱼跃水

神农架里品百草野餐

水乡老镇，明月桥边

伤感于小调的柔情温婉

我江南的故乡啊

常常梦见你

日红似火，春水如蓝

我的故乡在世界

那里文化璀璨、异域山河

踱步恒河彼岸

把自己当作冥想的佛陀

凭吊希腊古迹

穿越拜访那些西方先哲

在金字塔下对话胡夫法老

问他是否到过中国

点燃一盏阿拉丁神灯

在巴格达城住满一千零一夜

把自己变成一座雕塑

思想于罗丹的沉默

探访一下马克思

问问他心中的世界

乞力马扎罗山上消融的雪

能否让这个世界更加纯洁

阿勒山上的挪亚方舟

是否还能拯救人类的心魔

若在京都生活

是现代日本还是古代中国

太平洋上千舟争渡

谁在谁的侧畔扬帆而过

我世界的故乡啊

曾经是我幼年时的童话

也将是我老年后的传说

我的故乡在心头

这里真诚美好、童心未秋

世界已经是覆水难收

而我的心依然还是涛声如旧

漫漫长夜里

常常要去看一眼北斗

寒风凛冽时

也会披上一袭貂裘

当谎言成为护身符

真理也必然要藏污纳垢

永远的天性纯洁

有时也不得不随波逐流

这是一个矛盾体

傲骨外也包裹了一层皮肉

深谙人性，多了一些包容

疾恶如仇，少了一点温柔

我希望

坐穿自己的牢笼

点燃生命的天火

在色彩斑斓的人生里漫游

不用算计钻营和追腥逐臭

没有泯灭良知的邪恶丑陋

世上的人们

都有光明、希望和自由

我心头的故乡啊

那是我信念的归宿

更是我灵魂的守候

2016 年 9 月 23 日成稿

城里的中秋

城市的秋景，单调，近乎无。
城里人的秋心，平淡，近乎物。
城市里人的生活，忙碌，近乎奴。

城里的中秋
像平淡的日子
不温不火
不喜不愁

月不明
躲在云翳之后
像人的面孔
不清不透

月光昏暗
相思也不能够
寄千里之遥
寄千年之幽

城里的日子

没有中秋

像这人心

早被雾霾封喉

秋月无华

不忍仰视

虽然，我知道

那明亮的圆月

就在云翳之后

2016年9月15日中秋节

历　史

历史，不仅在教科书上，也在我们的心中。

历史是一盏明灯
即使黑暗
也能指引光明

历史是一场夜梦
即使惊愕
也能启迪心灵

历史是一幕戏剧
即使悲惨
也能昭示理性

历史是一个背景
即使暗淡
也能渲染彩虹

历史是一队战车
即使犹豫
也能碾过生命

历史是一阵轰鸣
即使遥远
也能感受血腥

历史是一方广场
即使嘈杂
也能听到枪声

历史是一面铜镜
即使古老
也能照出妖精

历史是一段记忆
即使深藏
也能焕发激情

历史是一阵山洪

即使蜿蜒

也能最后向东

2016年6月

深夜，我徜徉在微博

过去，相遇于人，虽萍水相逢，也会目有所见，耳有所闻，言语交流；现在，网络联系，虽相谈甚欢，也常从未见面，不知男女，不知春秋。

深夜

我徜徉在微博

像午夜游荡在长街

五百年前的一次回眸

是路人擦肩的冷漠

还有网友热情如火

惨淡的路灯

飘然一个游魂

和一次不经意的转帖

对过性感的美女

一具粉粉的僵尸

影影绰绰

客车呼啸而过

挤满哀怨的过客

到处都是空座

你在我的视野

来来往往

星光在天外闪烁

岁月

是孤魂游荡在长街

是微博那一端的你

还是马路对面的我

2014 年 3 月 26 日

重　逢

——二十周年大学同学会

曾经日夜在一起的同学，早已经各奔东西，物是人非。
时间是残忍的刻刀，会把不同的人，雕刻得更加不同。
但人是情感动物，年龄越大，越会怀念过去。

为了再次别离
所以，今天我们重逢

二十年，沧海桑田
二十年，风雨兼程
二十年，物是人非
二十年，圆缺阴晴

你的笑貌依旧
只是乡音更浓
两鬓略生几根白发
反倒添了一丝肃容

重逢是别离的仪式
而别离是重逢的宿命
就让我们感谢别离吧
它使重逢更加凝重

因为天南地北
我们所以海阔天空
因为聚散无常
我们所以珍爱生命
生命给我们以时间
更给了我们
爱情、亲情和友情

让我们挥手作别
像我们初识那样从容
你向西、向南
我向北、向东

也许，以后的
某个夜晚
你透过都市的喧嚣

和跃动的霓虹

仰望深邃的星空

会找寻到我含情的眼睛

2008 年 9 月

旧　案

越被爱情折磨，越会有好诗。

点点星光
一弯新月
说一条沉默的长街
心，在街头流落
陈旧的主题
写满深冬的寒夜

了结一段旧梦
开始一个传说
如水如火
在你凝视的目光中
一定有我

生命可以承受一切
却经不起一次错过
命运不可试验

爱情，永远地自食其果

我徘徊的灵魂
翻起那个旧案
独对一钩新月
等待
一个美丽的判决

1994年1月18日

玫瑰其一

诗，是爱情最好的表达方式。

秋天的留言板
夏日的一条留语
心中的绿色，托起
粉红色的语气
空白的文字之后
问号，不标给自己

一枝，握在手里的
希望，凝固的主题
在岁月的信笺上
这是一个短句
但若真诚，就绝非
生命的一处败笔
化作那段传说吧
我和你

即使

是晚秋的最后一声

叹息，也要留作

终将远去的记忆

1993 年 10 月 29 日

玫瑰其二

对于爱情，有时候最难当面表白，诗人却得天独厚。
一首含蓄、温馨、深情的小诗，很可能获取爱的芳心。

轻轻地

一枝绿色的脚步

载着红色的希望

风尘仆仆

在苍茫的人海中

做一叶红帆

向你摆渡，企图

于昨日的枝叶上

伸向今天的一株

寒冬的最后一片雪花

是伏在叶沿上轻泣的泪珠

岁月可以姗姗，而希望

却没有季节

永远不会干枯

即使，它的每一片花瓣

因为爱而凋落

也会化作生命的分分秒秒

和朝朝暮暮

飘零于我们的新梦

所有的日子，从此

不再重复

1993 年 3 月

心

人生徘徊，心志难酬，无可奈何，却又不得不前行。

总想在历史的平面
陡峭如突兀的岩石

可是，此心难成
像地平线
永远向后推移
青春在额头徘徊
经典永恒的记忆
虚幻如鸿毛
无奈于何时何地

然而，此心不死
只要前行
总是一路风景
即使是残垣败壁

1992年9月13日于沈阳北陵

落 叶

天若有情天亦老，月如无恨月长圆。此声肠断非今日，风景依稀似去年。青年时，上行无门怀才不遇，砥砺前行却到处碰壁，如今已是"心在天山，身老沧洲"。

春天里拾起一叶秋季

像希望，渐渐发黄

枯萎，然后不再提起

墙上斜挂的岁月

飞舞的双剑

凌迟我的生命

斑斑血迹

人生如狱

双亲发出的逮捕证

不再如戏

远离苦难的苦难

逃脱不幸的不幸

当岁月的指针不再前行

悲哀了，没有回忆的空虚

我已经老了

虽然青春还不算过去

1992 年 6 月

岁月的归期，与你相遇

曾经的记忆已经远去，留下的只有一首诗。

冬日的寒意

浪漫了又一个春季

以为已经成熟

其实才刚刚开始

岁月的归期，与你相遇

早已荒芜的心被你开垦

干枯的根，重新发芽

成枝，成树

然后成林

像童话

一片秋叶

梦游在初春

你以为独自一人

其实还有我的心

当漆黑的夜照亮天空

在你的梦乡

它为你梭巡

你在梦里憧憬今天

我在梦里回忆未来

每天的日子前仆后继

岁月的积木

堆积诚挚的决心

世间太多的相互寒暄

冷漠下的心火，你可感知

人海太多的擦肩而去

那深深的一瞥，你可留意

岁月的归期，与你相遇

何日，又与你相知

1992年3月11日

永远的歌

当你一无所有的时候，真情是你的最大财富。

命运难测，遗憾了

人生多少次无意的错过

岁月悠悠，淘尽了

生命之旅庸俗多余的烦琐

当沧桑蠕动于双颊

只有真情

是一首永远的歌

1992年3月

又是中秋

中秋的月，似乎很特别，总能勾起国人的幽思。

少年时，中秋之夜，坐在平房的小院里，借着窗内泻出的微弱灯光，捧着李白的诗轻诵，秋思情怀一点点地驻入心中。等到青年时，这种情怀虽然略淡了些，但总还是有的。

一千年一万年

同一种凝视

勾起我变化的情绪

昏黄的路灯

污染了你的往日

歇夜的归舟

沉淀了磅礴的远航

只要一次

残莲在湖中

搀扶盛夏的亭玉

不知是否，过去的根

满池是片片的追忆

宇宙正在闪光
抓拍世人瞬时的传记
今日的月
嫁接昔日的梦
其余舍去

一千年一万年
同一种凝视
却再也不是
同一种景致

噢，永恒的凝视

1991年9月22日中秋

清 昭 陵

传统中国的读书人，一肚子的家国情怀。修齐治平，是过去读书人的理想。因此，古迹览胜，总会有些历史的沉重感。

我在历史的墙角
落魄成一个巨人

赤诚、血红
在每个转折
支起一声叹息
远处，是落霞的余韵
树林是怒发
顶起阴郁的天
空中，是你骚动的游魂
微风里的远古吹来
霉变了一缕清香
今日之风
摆弄檐角斜挂的古铃

不过

更多的是过客

过客是更多的游人

我看见游人匆匆

墓后的密林幽幽深深

1991年8月9日晚

相信自己

——为某大型"鹊桥会"而作

结束了学生时期的恋爱后，开始寻找未来。

这里，我是第一次

就像许多朋友

充满希望，或者，探探虚实

再或者，就是碰碰运气

把自己放在更开阔的范围里

确定自己的位置

日常天地的狭隘

束缚了我们的目光

更阻碍了我们的相识和相知

也许久寻不遇

也许有过但又失去

虽然经历不同

总之，我们来到了这里

也许满鬓霜白

也许尚存稚气

虽然年龄不同

总之，我们来到了这里

到了这里

就意味着新的开始

不要用现在和过去作比

也不要拿别人来对照自己

只要我们的心

对生活有着渴望

只要我们的热情

还没有泯灭

只要还有一方天地

哪怕仅仅是很小很小的一方

还没有被世俗所侵蚀

在我们的心中

就会有憧憬

就会有追求

就会有花香和鸟语

每个追求，都有目的

不去看成就，而要看到勤奋

不去看文凭，而要看到知识

不去看地位，而要看到修养

不去看钱财，而要看到努力

即使你珠光宝气

也不能代替纯美和善的心地

即使你口若悬河

也不能代替金石为开的诚挚

更要紧的

是和谐相应的真意

是春风融融

是和风细雨

是大海上的日出

辽阔的胸怀跳动一颗火热的心

充满了爱意

不要去攀比

要相信自己

相信你自己

就像确信早晨总会有日出

傍晚总会日落偏西

相信你自己

就像确信花开就会有花落

一年总会有四季

四季的风不同

岁月也会留下踪迹

我们的生命

唯一的一次

偶然的机会

极小的概率

不要因别人的闲言

萎缩了你的人生

不要因他人的碎语

愧对了你的一世

相信自己吧

这是一切的，你生命的根基

1990 年

今 夜

当一个人处心积虑地做着一个梦，那梦会是真切的呢，
还是虚幻的呢？

所有的日子

处心积虑

一个凝结的梦幻

昨日，现在，明天

堆积沉重的浪漫

三三两两秋叶

飘落叹息一片

秋雨也滴乱

星星点点

路面

街灯下一个狰狞的梦

晃动的阴暗

无望的情绪

托起今夜无星的天

1990 年 9 月 15 日

若 祁 湖

写于7月，烟雨缠绵的季节，梦后诗。毕业季，一切都是未知。爱情深，深得难以预料。惊于梦，似乎一个结果。

过去，一去不返

成为永远

只在偶然的梦中，痉挛

回忆时漏掉

却于厌倦里拾起

点点，片片

剪也不断

若祁湖如旧

不如

没有晚霞的黄昏，凝固

感觉，像泥鳅

来了，却又抓不住

不是懊悔

只是一块痛处

往事如烟
偶尔，呛两行眼泪，味咸
不在理智清楚的时间
遗憾，惊动灰死的心
惊心，吓出周身的汗
切恨双脚
此时，此地风雨苦站

1988年7月

创 伤

这是一次青春不可描述的自责，是灵与肉的挣扎。

暴风雨之后的凄凉

袭击生命过度的奢望

人类辉煌的历史

这里绝望的凝固

然后，涤荡

是部分，还是一切

同流，汇成宇宙之洋

源远而流长，问生息何在

一瞬，天旋地转

还是一生，来去慌张

思想病变成情欲

恶毒地折磨过去

糊里糊涂化为创伤

1988年3月23日

四 季

——给 Toma

热恋中的人，心情总是美好的！

不是雨季时节

滴落一阵

天的泪

洗去心曲的杂音

梧桐也没忘记

飘逸一叶去年的记忆

徘徊而缠绵

砸响生命的乐器

冬日的襁褓

包裹春的新绿

发芽、吐枝

一环环，涂抹新的经历

历程仿佛四季

不是同一个节气

1988年3月16日于西安

独 对

当年上大学专业课加热炉时，没务正业，作此诗。其实，很久前已把红尘看破。只是，红尘对我还恋恋不舍。

淫雨霏霏

独对自然之音

胸腔里奏响

记忆里回旋的童话

与檐滴同唱

漫漫长夜

宇宙里失魂落魄

没有风和雨

远古般凝结

融进将朽的身躯

走进空旷之野

管它春夏与秋冬

万物同源

没有真理谬误

空旷得不能思想

造极摘星
藐视一切，人物
看不见虫蚁
看见的都是虫蚁
大山为小

我不孤独
因为有孤独为伴

1987 年 6 月 17 日

虔诚时上帝丢了

曾经那么钟情于人生意义，突然发现无意义才是真正的人生。

一切都本能忍受
依靠参天的铁柱
抛出一团团热情
点燃生命

落地，双膝夹定一本圣经
里面写满虔诚
希望的永恒
延续群类的生命

震撼宇宙的一个轻音
它说：上帝丢了
我失落了灵魂
贼在银行里偷了一包废纸
不幸

人生在走钢丝

获取欢乐的杂耍

看吧，那头

是荒诞无聊的演技

又有人踏上铁蹄

1987年5月5日

大雁塔下的幸福

人生短暂，转瞬即逝。
世界太大，人类太小。
酸甜苦辣，各人自知。
我是世界，我是一切。
我在皆在，我无皆无。

芸芸众生
地上正蚂蚁搬家
感情失去双眼

那是雁塔之巅

陌生了所有
存在是感觉自我
不在乎俯瞰的众人

既然都是一样
生命也很冰冷

幸福

是自己

是全世界

严肃的论调

是花言巧语

1987 年 4 月于西安大雁塔

笑的寂寞

单思最苦!

你可知道，知道吗

那漫漫长夜

我背驮满天残星

还有一弯忧郁的新月

别问我，别问我东西

也休问，哪里是归宿

只要像这样，这样地走

就忘记那烦恼

连着那空虚的快乐

可笑吗，尽情地笑吧

本来就是一个可笑的世界

我还是用沙哑的喉

唱一曲，一曲破碎的歌

别问我，问我相思为谁

郊外长夜里狂歌

就为了把它失落

天边可爱而迷蒙的弯月

其实，是一片发亮的落叶

碾碎了，碾碎了的心

托不起再多的折磨

失去勇气的恋人

呼吸的空气

空气都是煎熬和寂寞

1986年9月

寒冬里的往事

青涩少年，单思为谁？相约而坐，不知所措。顾左右而言他，避真情而泛谈。其实，人家早已明心。

消磨一个

寒冬里的往事

斜空贴一片曚昽的昏日

若祁湖微风里轻笑

岸上

沉默了一滩乱石

做作的涧泉

还有瘦竹

四五根

摇在那天的风里

双手抱不住双肩

偏要说一番磅礴的稚气

断肠的夕阳

催落那抹残霞

连着标榜的理智

夜里教室翻书

今天是一个节日

金丝猴换了雪茄

抽了一年

抽起满室的思绪

湖心里漂浮的阴影

无声的这里

咀嚼起自己

远处稀落的鞭炮

在上一个世纪吟泣

阴影沉入腹底

挤出这首无题

若祁湖再不想去

1986 年

那是什么地方

一幅山水画，一首人生曲。

那是什么地方，不知道
只是隐约着一层薄雾
怪石上爬满了怪石
山腰竟有一松独树
泉水或许是跌下了深谷
而那路，也不知要弯向何处

1985年12月末

今夜，我赠你一杯思念

少年的友情，如同爱情，真挚而热烈！

昨晚

一轮皓月挂在天边

正读着你寄来的诗笺

从如镜的明月

折射来你对故乡的眷恋

一阵清风吹过

把诗页翻过一篇

今夜

那圆月应该更圆，更圆

像一杯浓酒

放在你仰卧的床前

酿酒的

是思故的一眼清泉

干了吧

那是我一杯思念

1984年5月15日

一份急电

那个春天的密码，在那个春天里丢失。

昨夜

下起一阵小雨

就那么一阵

雨滴拍打着玻璃

是春的一份急电

送来远方的信息

可叹不知密码

让我到底怎样翻译

1984 年 4 月 17 日

寻 友 人

原序——今，去寻友人，失望而归，他已迁居多时。感
慨而作。

大雪、晨雾，小院、小路，朋友、女孩。过去的记忆已
经远去，过去的朋友也已失联。只留下这首诗，勾起一
些回忆。

在一个深冬的早晨

天地间荡漾着

一股蒙蒙的晨雾

我去寻友人

踩着曲折的小路

踏进深巷

才觉得

这里，并非如故

轻叩门环

一个少女轻轻走出

笑说

此房已不是故主

再问友人的住处

遥指着远方的云雾

说

君家在那茫茫深处

1984 年 2 月 9 日

示　友

少年的决心，少年的志气，少年的理想，少年的憧憬。

流水

曾在平原缓流

甚至停住

但现在

就要成为瀑布

他说——

我的每一朵浪花

都要永远地跳动

跳动着

流进幽谷深处

1982 年 8 月 8 日

诗骨未寒

小重山·落红

风雨过后，落红满地，仿佛春天带血的眼泪。林黛玉早已仙逝，还有谁在意它们的零落呢？

小院葱茏春半中。
桃花开已尽、海棠彤。
丁香愁结意浓浓。
疫情紧、曲径寂西东。

昨夜雨匆匆。
凄风悲泣鸟、冷梧桐。
潇湘妃子去留空。
无人葬、可怜满阶红。

2020年5月12日

桃花坞词

六如居士《桃花庵歌》耳熟能详，诵之易行之难。"别人笑我太疯癫，我笑他人看不穿。"前有陶渊明，后有唐伯虎，看似乖戾，实得人生真谛呀！

桃花庵在桃花坞，桃花坞里桃花枯。

桃花枯忆桃花盛，犹记桃花遮老屋。

姑苏城外三分地，挂印辞官一农夫。

锄田归来夕阳好，桃花换酒又满壶。

酒兴犹存夜半歌，草床何妨春睡足。

醉中醒来醒中醉，半醉半醒有且无。

桃红柳绿青山远，眠花睡柳不孤独。

春夏秋冬听风雨，自然与我乐与哭。

不须折腰权与贵，天高日远月如珠。

桃花坞里桃花尽，今番何处访六如？

2020 年 4 月 21 日

新　友

鲁迅先生说："人生得一知己足矣，斯世当以同怀视之。"是时，世多犬儒，孤独就是一种难得的心性。

素昧平生亦可交，河山万里水遥遥。
孤独总有孤独伴，乱世孤独正自豪。

2020年2月9日

庚子年元宵节感怀——兼记新冠肺炎疫情

哪有什么岁月静好，只是有人替你负重前行。那些埋头苦干的、那些拼命硬干的、那些为民请命的、那些舍身求法的，都是为我们开山辟路的国士。

欲将悲愤付笔尖，却把元宵垒玉盘。
热肠家国遭厄运，冷眼病毒戴金冠。
封城怎抵封心苦，祭士何如祭己难。
口罩无形遮岁月，一杯清酒地同天。

2020年2月8日（农历正月十五）

自　嘲

鲁迅先生有处可躲，而我只能躲在自己心里。

逆时本宜卧墙东，无奈伯叔满腹空。
今日麻雀寒梦噩，当年大地血旗红。
焚诗只怕凄风近，闭目皆因青夜浓。
舟泛五湖期不远，任他春夏与秋冬。

2019年5月19日

桃花又开

每年到 4 月份，东北就会到处开满桃花。或是栽满桃树的果园、山坡，或是乡村里的农家小院、城市小区逼仄的院落，到处都是粉红的、粉白的桃花弥漫着阵阵的芳香。又一个春天来了，年年岁岁花相似，岁岁年年人不同。人生数十载，能览几度春？

春风带雨又桃花，淡淡芳香淡淡茶。
满院缤纷园艺老，当年小妹拜新家。

2019 年 4 月 29 日

正月十五独饮

年味越来越淡了！儿时过年，年前有期盼和等待，年中有放任和满足，年后有回味和遗憾，所以往往是上半年缅怀过去，下半年盼望未来。凡事，有回忆、有期待，就有味道。

上元夜里雪飞扬，闹市无邻各闭房。
偶有爆竹听寂寞，更兼灯彩照迷茫。
不知近世人心老，或是都城事业忙。
难忍庸俗离电视，举杯自饮忆儿郎。

2019年2月19日（己亥年正月十五）夜

踏莎行·睡莲

秋日池塘，柳老花残，盛衰相转，荣枯两现，夏远冬近，绿黄参半。我似乎更醉心于这样的景致，它更能触动我的心思。秋阳当头似火，万物似乎困倦欲睡；秋虫四处聒噪，发出生命最后的呐喊；残缺，是美的至高至雅；而完美，不过是美的至俗至艳。

客走狼藉，红杯白盏。几团碧玉空盘浅。
当时盛事恍如云，寒秋入梦青山远。

寂寞亭台，画桥回缓。前村林后弦声短。
正午不见采莲人，孤舟一任轻风转。

2018年9月14日

浑河小坐

百事萦心，有些烦闷，驱车二十公里，浑河西峡谷得一清静之处，坐卧五小时。滚滚河水西去，阵阵清风吹来。感悟自然和生命，排解烦恼和郁闷。其实人也是大自然的一部分，生发于大自然，归尽于大自然。包括我们的灵魂，也依附大自然，滋润于大自然。山河永固，多少生命生死轮回；历史悠悠，多少得失灰飞烟灭。

谁言草木忍无情，也爱清波漫漫听。
秋蚁托孤勤嘱咐，春鸿归客总叮咛。
残阳已伴夕风冷，新月难承夜雾轻。
自古千江东入海，滔滔浑水却西行。

2018年9月12日

端午节感怀

先秦侠肝义胆，两汉轻财守义，魏晋孤傲自由，唐宋智慧儒雅。华夏民族，希望老祖宗风骨还在。

俗众何须问短长，龙舟竞速粽清香。
谁知屈氏江头恨，莫论伍胥目里伤。
殉父曹娥情可叹，焚娘介子志尤彰。
千年风骨皆飘逝，望断秋云道天凉。

2018年6月18日端午节

黄龙寺遇雨

游览山水，风和日丽自有好处，偶遇风雨也有妙处：一
来景致清新，二来览物触情，三来易逢不速，四来借机
休息。古寺避雨，寺内和尚也有闲情，卜问来去，聊当
一趣。

过尽云松路向东，雨风不速客黄龙。
未知姓甚恭佛主，欲晓名谁问慧空。

2018 年 5 月 20 日

水调歌头·重游庐山

去了两次，也不知道庐山的真面目。李白看"飞流直下三千尺"的地方，应该是在庐山之外。庐山最好看的是雾，但最影响观览庐山的可能也是雾。有雾的庐山很美，但如果雾太浓重的话，就只有雾没有美了。历史，也像雾一样扑朔迷离。当阴霾散去，美虽然没了，但该看清的也就都能看清了。

南向望彭蠡，对北枕长江。
峰峦叠翠，烟锁雾漫莽苍苍。
最是高天飞瀑，遥响青峡深处，万古永流长。
峻柏指空碧，云乱老松祥。

六教同，先学汇，聚华章。
人文荟萃，莫笑生晚赋诗狂。
到处前朝旧迹，更有今番新事，儒雅遇刀枪。
慨叹三秋会，辱没好风光。

2018 年 5 月 20 日

担 工 词

据说,庐山也称驴山。观音菩萨看扁担工挑担辛苦,就每人给了一条红绳,绑在扁担头上,扁担工挑起担子轻松愉悦,干活不累挣钱还多了。这事被残暴的秦始皇知道,他强行收走红绳,做了一个具有神力的鞭子,想把东海上的一座大山赶到北方去当屏障。不想赶到江西这个地方,大山再不肯前进一步。一个大臣说这山来了驴脾气,不肯走了。秦始皇就赐名驴山,后人改"驴"为"庐"。

一肩父母一肩妻,担满星月担高低。
莫问寒风愁暑雨,从来百姓虑食衣。

2018年5月18日

江 西 行

平生志早已经弃了，小仙也没做成。不过，有几个伙伴，偶尔一起小酌，或者一起远足，倒是很惬意的。所谓"仁者乐山，智者乐水""山水之乐，得之心而寓之酒也"。

偷得几日闲，结伴下江南。
眼醉青山翠，舌贪美味甜。
芸薹虽已落，溪水正当看。
愿弃平生志，悠然做小仙。

2018年5月17日

人　生

人生于世，道德良知，底线而已。

生是无可奈，死也无可何。

人生数十年，一世一蹉跎。

生死不由己，中间任我活。

只求不愧心，便是人中杰。

2018 年 5 月 4 日

春 觅

春色虽好，只可惜过于短暂，倏忽之间就远了，然后盛极而衰，一年就又过去了。少时以为岁月无限，对四季变化也不甚留意。而现在，随着年龄越来越大，越加惜春了。看样子，真的有些老了。

雨后复清明，枝桃映晚亭。
近狎新土绿，远望旧山青。
酒淡心常醉，人闲马自行。
都言春色好，何处驻真踪。

2018年4月14日

访孟子故地

最明白的人，其实是孟母！从"孟母三迁"到"孟子受教免休妻"，我们看到一个明白事理、懂得教育、关注未来、分明独众的女性。古人讲慎独，是省乎己，其实也应该关乎人。不要贸然进入别人的私密空间，这道理在孟母那里竟然讲得那么明白，极为难得。

孟子生齐鲁，三迁母甚明。

凫村茅草破，邹地松柏浓。

疲奔家国志，教习弟子功。

独夫常抱怨，民贵帝王轻。

2018年3月18日

大明湖遇雨

独自闲游大明湖，没遇到"夏雨荷"，遇到了"夏雨"，是"夏雨荷"她哥吗？

桃红草绿水同天，雨近风深乱画船。
楼台云远虹桥小，曲柳垂黄钓浅鲢。

2018年3月18日

学画有感

中国书法和绘画，心法为内，工法为外；心法为上，工法为下。笔墨易变，故方法万千，随人而异。

水墨无常法，成竹本在胸。
人狂癫字画，君慧雅丹青。
胆懦书方怯，心坚笔自忠。
砚清池树淡，功到艺当精。

2018 年 1 月 28 日

初弄丹青

初学中国山水画，不得心、不应手，手不随心，意正而笔偏。悟性来自融会贯通，融会贯通则来自勤学苦练！

盎然初趣弄丹青，怎奈心应手不应。
料得古圣无欺语，磨砺三年铁棒钉。

2017年12月27日

无　题

"子规夜半犹啼血，不信东风唤不回"，能唤回吗？
该去的，唤不回来；该来的，也推不出去。既然是徒劳，为什么还要去唤呢？

如梭岁月亦留痕，回首阑珊夜灯人。
云卷东风休去唤，前寒自有后来春。

2017年12月29日

八声甘州 · 重阳节感怀

"子在川上曰：逝者如斯夫，不舍昼夜。"世间太多俗事，心存一方净土。流年岁月如水，人生多少无奈。

问重阳几处可登高，偶飞彩蝶残。
看黄花落尽，风离枯树，暮雨阑珊。
车贩三声窗外，积物备长寒。
鸿雁苍天远，南去悠然。

总把银丝如墨，叹往来岁月，催老流年。
恨书生意气，凭任付纷繁。
念红尘、人心难度，笑何人、梦里弄云烟。
休辜负、宴前清酒，秋水潺潺。

2017年10月28日重阳节

中秋感怀

中秋夜宿哈尔滨，夜深人静之时，翻看一本诗集，惬意
而孤寂。

近来世上常浮躁，品古读今有几人。
月阔风清孤照影，独持诗卷也销魂。

2017年10月4日

松江秋月

去哈尔滨接儿子，一起游览松花江畔。霓虹灯色彩斑斓，江岸上人头攒动，很是热闹。

日落西边人始聚，江灯夜影水斑驳。
一层纤翳飞晚渡，两阵画船归早泊。
坐看长天吟古韵，卧听短曲和今歌。
月明又到中秋满，几度团圆几度缺。

2017年10月4日中秋节于哈尔滨

卜算子·驱车远城

有时候，很想找个地方，像李叔同先生那样，躲两天、躲几月、躲数年、躲一生。无奈牵挂太多，既无叔同之意志，又无叔同之才华，更无叔同之洒脱。只好，跑到棋盘山里，找一僻静处小坐一会儿。

无奈客都城，常忆云山蔚。
夜雨晨风不请来，船到滩头睡。

喧闹冷霓虹，幽静温青翠。
偷尽春秋与夏冬，淡酒三杯醉。

2017 年 9 月 18 日

女　说

天地有阴阳，世上生男女。即使在男尊女卑的过去，也有很多女性做出不朽的成就，未来更会如此。

自古女人常侪类，真情智勇亚须眉。
若非孔孟子曰甚，岁月三千谁冠谁？

2017年9月8日

贺大连沧州商会成立

沧州地处中原，自古人杰地灵，除了诗中提到的壮侯张郃、香帅张之洞外，钩弋夫人、纪晓岚、冯国璋、王蒙等，均为沧州人。沧州也是"海上丝绸之路"的北方起点。

浩波西望古瀛洲，千百英雄历史悠。
武汉兴洋香后帅，街亭败蜀壮前侯。
海平故道丝路阔，天广新城商劲道。
杰聚大连成众志，乡情助我再风流。

2017年8月25日于沈阳

满江红·悼

三十功名尘与土，八千里路云和月！

西去雄魂，风雷骤，云哀雨怒。
三十年，牢长身短，平白辜负。
赴难归国须莫有，为公为义遭桎梏。
却如今、沧海纳英灵，惊涛诉。

愁夜漫，崎岖路。
江山破，人行苦。
叹芸生，冷漠自由民主。
域外千城悲日月，境中依旧歌欢舞。
问苍天、究竟待何时，神州顾？

2017 年

贵州之山

贵州和桂林，都是喀斯特地貌，只是一个于地面平地拔起，一个在水中突兀而立，均是千姿百态，仪态万千，"天下山峰何其多，唯有此处峰成林"。

诸葛当年甚可怜，馒头散祭做青山。
天吴若引漓江水，何处桂林何处黔。

2017年6月18日

黔 之 驴

与几个朋友结伴游览贵州，快乐而温馨。

远望丹青近望山，谁将翠玉散云天。

轩辕九叹蚩尤勇，诸葛七嘲孟获蛮。

尽览夜郎十万里，错亡楚霸八百员。

漫听蝉雀说今古，阵阵清风阵阵烟。

2017年6月13日于贵州

菩萨蛮·春桃

不经意间，桃花又开满枝头。人属于大自然，人的生活，应该与大自然充分接触，感受四季冷暖和花红雪白。

近来繁事萦心漫，惊瞥枝满桃花艳。
街口已缤纷，才知今又春。

前夕何处宿，猝尔盈双目。
夜月问芳菲，此番休再归。

2017年4月3日

清平乐·归乡

故乡，总是萦绕在心。似乎很遥远，又仿佛就在昨天。儿时的记忆，深刻而又迷茫，加上物是人非，让人怀疑那曾经的人和事是否真的存在过。当年的长辈，多已离世；当年的玩伴，各奔东西。我们正在走进记忆，我们正在走出记忆。时光无法倒流，人生太多无奈。

长天极目，风卷归乡路。
山苍雪远云密处，鹰落冰河无数。

烟漫两户人家，断桥孤树寒鸦。
年少仿佛入梦，曾经蝶舞飞花。

2017年1月29日

明　日

范仲淹老先生说"若夫淫雨霏霏……感极而悲者矣。至若春和景明……其喜洋洋者矣",我觉得似乎他说反了:一个人心情好的时候,即使阴天下雨也会有愉悦的感觉,天冷心也会热;一个人情绪不好的时候,即便晴空万里也会满面愁容,天热心也会冷。

晚玉落茫茫,关东万里长。
明朝赴盘锦,雪后正初阳。

2016年12月22日晚

念奴娇·重登北固山

北固山，北临长江，所在地镇江是三国赤壁之战时吴国国都，其长江对岸的瓜洲渡又曾经是宋金酣战之地。"滚滚长江东逝水，浪花淘尽英雄"，凭吊怀古，总会让人感叹岁月悠悠，人世沧桑，所谓"人生如梦，一杯还酹江月"，最后都是"古今多少事，都付笑谈中"。我也未能免俗！

倚南观北，渐江远、沧桑谁持来路？
西峻东斜，千万里、到此消愁息怒。
旧月遥遥，追怀无数，烟雨瓜洲渡。
金山钟晚，漫听军角边鼓。

试问潭里青石，看当年宝剑，不堪辜负。
望尽归舟，曾记否、多少豺狼逐鹿。
泣恨春秋，应难料、故事总将重复。
落霞孤鹜，莫如谈笑今古。

2016年12月28日

又逢秋雨

我很喜欢雨天，它可以让人放下许多俗事乱事，静静地体会整个世界被雨水笼罩的感觉，静静地胡思乱想。回忆，不一定回忆的都是过去的事，也可能仅仅是过去的某种感觉。那种感觉，对我而言或许是一种永恒，它存在于过去，也延伸至未来。

又逢秋雨绵绵，笼罩无限江山。
城里人行匆匆，乡下沟平河满。
晨起残叶新落，不尽思绪勾连。
多少心间往事，都随岁月如烟。

2016年9月23日

清平乐·南湖烟雨

小湖边独坐，烟雨蒙蒙，最适合把时间交给回忆。

一潭烟雨，寂寞空双侣。
南湖阶寒曾几许，缥缈若无愁曲。

可怜枫叶正红，无情怎奈秋风。
多少前年旧事，尽随萧瑟匆匆。

2016年9月21日夜

哭 与 笑

顺手而作，顺情而歌。记忆中的少年的玩伴、同学、同桌，一切似乎都在恍惚，以至于怀疑那是否真的发生过！

当时曾经都年少，她爱哭来你爱笑。
如今半百忆旧时，却是你哭她来笑。

2016年7月29日夜

致 友 人

人，只有明是非、辨正邪，才能晓兴衰、知福祸。

攘攘熙熙皆去往，我独嫉恶咒民贼。

未居大略推垣倒，但借良知劝善回。

群小不知福与祸，众愚难断是和非。

蒙心自作聪明误，助纣成奸甚可悲。

2016年6月2日于武汉机场

神农架游记

群山连绵，云雾缭绕，中间藏着多少神秘和故事？人类在这里繁衍生息千万年，一定有很多令人震惊的事情在这里发生过。还有那些林木、那些花草、那些大大小小的生灵。"只在此山中，云深不知处"，山中野鹤，应该别有趣味。

独上极峰高望远，茫茫青海霭波飞。

近拂雾角何人与，遥想云中几户谁。

行尽荒蛮知百草，画残艳粉误明妃。

北方客旅逢樵丈，最把神猿问是非。

2016年6月1日于神农架

神农架五韵

青山如翠，春水潺潺。叠瀑鸣响，山道弯弯。峰峦叠嶂，雨细风缓。作首小诗，偶得三联。不忍取舍，五韵同伴。怡然自得，人生偷欢。

江城西去远，半日过巴东。
车入青山缓，水离险壑轻。
阴阳绝雾诡，高下异花红。
竹伞斜朝雨，丝衣皱晚风。
飞云万峰锁，何处是神农。

2016年5月30日于神农架木鱼镇

周 庄

去过几个水乡，明月桥边，水上人家，民歌小调，小吃土酒，迷人的江南味道。

前世曾经梦水乡，闲来游客过周庄。
青石桥下清清水，流尽千年任沧桑。

2016年5月12日应友人题照

山　雨

一场春雨，让本来很普通的山野清爽起来，就像一个素面村女，沐浴更衣之后，也会娉婷起来，难免让人动心。

雨润青山萃，风轻晓雾白。
曲溪清韵缓，野径寂花开。
落鸟鸣空谷，飞云驻峻台。
萧萧春睡好，吕祖醉蓬莱。

2016年5月12日于祝家青草沟

春雨独酌

连绵的雨声，会掩盖一切嘈杂的噪声，不但能让世界都
安静下来，也会让心安静。

春风春雨谢红桃，河满江平漫横桥。
闭户小酌听萧瑟，闲观诗卷对前朝。

2016年5月3日

清　明

春天又来了，总是让人感受到生机盎然，心情就不免要
欣欣然起来。

清明城里桃红早，风暖云微信雨迟。
不忍蹑足惊嫩草，两三戏犬绕春泥。

2016年4月4日

清平乐·天涯感怀

路途再远，远不过天涯；地方再偏，偏不过海角。男女盟誓，比天涯以为志，喻海角以为义。琼州三亚，望尽南海，一片苍茫。古人以此作为天地分界，以为沧海同天，向北为陆。乱石满目，仿佛天降，潮来潮去，悠然轰响，岁月千秋，不息不休，足使人感慨天地岁月人生。

地尽海岸，谁把青石乱？
残弈千年人不返，一任苔深水漫。

何忍红日西斜，无情望断天涯。
自古潮升潮落，消磨多少风华。

2016年1月25日夜

冬日偕友人游海南

冬季，从天寒地冻的东北去焦金流石的海南，冷与热的强烈反差，很有趣的。

云和日暖海空蓝，杯满情浓酒共酣。
莫道家乡冬正冷，一番风景一番天。

2016年1月23日晨

鹊桥仙·廿七年再见亚琼

用心的恋情，总是让人终生难忘的。

京华冷暖，光阴疏密，了叹人生几度。
红茶九注笑春秋，偏不语、曾经朝暮。

卿将何往，吾将何去，邂逅再知何处？
忍归驿馆自清酌，向长夜、沧桑独诉。

2016年1月12日夜于北京

临江仙·过秦岭

蜀道之难，难于上青天！乘坐飞机，千里万里之遥，感受的是倏忽间到达之神速；乘坐火车、汽车，穿山越岭，感受的是山川河流尽收眼底的悠闲。悠闲中，就会对一晃而过的景物有所感受和感悟。蜀道虽难，难不倒现代交通工具；交通工具过快，却能晃乱人心，让人不由自主地快节奏生活，反倒忘了为什么生活。

蜀道秦川高入宇，飘零几户人家。
炊烟袅袅浪天涯。
小桥流水处，遥看雾中霞。

过尽险峰峰更险，峥嵘徒恨狼牙。
前朝烽火正西斜。
雁飞悲日月，何不落平沙。

2015年12月5日

重游草堂

李白为仙，因其豁达浪漫；杜甫为圣，因其忧国忧民。
李白怀才而不遇，因为他属于上天；杜甫求仕而难得，
因为他属于平民。"人民诗人"，谓之于杜甫，可谓当之
无愧。

雨斜花径草堂空，院陋楠青小瀑淙。
水冷溪清脱藕绿，泥浊草秽聚鱼红。
莫言百卷垂前后，更有千愁叹私公。
屈子沉江悲万代，忧国自古少人从。

2015年12月12日于杜甫草堂

采桑子·夜宿清音阁

出差寻闲，游览峨眉山，夜宿清音阁。山色青翠，清风徐徐，素食淡饭，梵音盈耳。与僧人短谈，与过客偶语。夜幕降临，百鸟归巢，游客渐少，偶有下山游客的脚步和轻语。静填一词，好不惬意！

游人归尽山风冷，林暗灯寒。
清涧潺潺，偶伴佛钟催客眠。

凭栏望断双桥处，夜色缠绵。
峰远云闲，应有猢狲正梦谈。

2015年12月6日夜于峨眉山清音阁

过 西 安

西安，是我求学之地，引为"第二故乡"。同学天南地北，经历三十年沧桑，都有着不同的心境和想法。苍天作证，为什么我眼含泪水，是因为我对这片土地爱得太深！

乘车入四川，正午过西安。
怎奈从旧岁，曾经亦少年。
三十历甘苦，半百各东南。
莫道无知己，丹心鉴远天。

2015年12月5日

浪淘沙·忆江南

东北的冬天太冷，常让我向往江南的风物人文，因为那里有古代文人的脚印。

塞外正冬寒，常念江南。
秦淮阡陌月阑干。
桨并轻风灯照影，何故无眠？

北固眺长川，滚滚云天。
黄梅凝脂寂芳园。
阳朔渔歌归晚棹，知向谁言？

2015年11月28日

题　照

对于有心人，处处是风景。一花一草，都能触动心弦。

人间方九月，寂寞漫闲悠。

足底秋叶软，曲径正通幽。

2015 年 10 月 31 日

虞美人 · 中秋感怀

中秋，是季节盛衰之交界，推及人生，年过五十的我，难免感慨！

愁云飞渡中秋夜，寂寞寒光月。
霓虹烂漫酒朋喧，却是凄情不语笑无颜。

几回梦里归年少，意气观山小。
醉酣杯满也高声，何奈斑白双鬓志成空。

2015年9月27日

三孔游感

先秦的儒学，清新俊逸，是传统文化应该追寻的根。董仲舒后，需要甄别。

翠柏幽幽通曲径，苍丘默默映秋夕。
万千儒子皆尊孔，误把仲舒称仲尼。

2015年9月26日

泰山"到此一游"

过去的专制体制下，居庙堂之高则不可一世，处江湖之远则低三下四。当权者你来我往，就搞得很多东西也翻来覆去。

一游到此凿千壁，总有新文覆旧痕。
昨日王侯今日罪，两朝万岁两朝臣。

2015年9月26日

岳　望

泰山游览，应景而作。

岱岳何须问，神州百峻宗。
仰观星伴月，俯瞰雾缠松。
历史三千载，游人九万重。
始皇应欲语，峰半正听钟。

2015年9月25日

梦

山隐人生，四季风景，唯梦而已。

青灯青瓦青山青，醉卧柴门任雨蒙。
踏雪无痕梅半掩，落霞秋水漫声声。

2015 年 7 月 14 日

奉节夜泊

张飞高义而鲁莽，因急关羽之仇而遇害，头颅被抛弃于江中，致其"头在云阳，身在阆中"。刘备兵败夷陵，退守白帝城，魂归于此。滚滚长江水，多少英雄泪。

夜半雨初骤，舟泊扬子春。
雷惊嘶万马，火怒退七军。
江渡黑侯首，城萦白帝魂。
无眠听逝水，嗟叹北来人。

2014年4月12日

浪淘沙·三峡

两次坐船过三峡，第一次是1989年，应该是12月末左右，好像是重庆到武汉。囊中羞涩，夜船便宜，却错过老三峡的奇异风光。

江上月如钩，云锁峰愁。
叠峦弯尽过飞舟。
关外游人空叹慨，一醉方休。

无奈水东流，千古悠悠。
兴亡烟雨度春秋。
但有渔樵歌晚棹，戏里王侯。

2014年4月

读白居易《放言》有感

时间是最残酷而公平的，谎言在时间面前早晚要脱掉裤子，内裤也不会剩下的。

谎言千遍不成真，何奈春秋可试金。
曹武空诩周公旦，归心吐哺孝子孙。

2014年5月29日

西江月·旧梦

哪个少年不多情，哪个少女不怀春。人生苦短，想爱趁早！

三十年前倩影，依稀燕语嘤嘤。
春风夏雨去悠悠，但是青梅里弄。

不问肴寒酒冷，推杯短漏长更。
鬓边墨发渐秋霜，醉与当年旧梦。

2013年3月8日

题振华弟子杨霞牡丹画

几个人，几杯酒，几幅画，几句诗。

人求富贵花求观，月想清风云想天。
画意师情朋满座，墨干笔落酒初酣。

2013年秋

云 中 月

欣赏一幅油画，以诗记之。

云断河山人断肠，月拂杨柳风拂裳。

登高把酒黄昏后，情满天涯夜满江。

2013年

绍兴拜秋瑾故居

秋瑾，是近现代中国女性一道亮丽的风景线。

潇潇烟雨井草长，多少男儿愧红装。

巾帼昂头昭日月，虎刀滴血暗画梁。

不知曲径深几许，但见旧尘满孤床。

愁煞秋风百年问，英魂何处是归乡？

2007 年 8 月底至 9 月初

高 阳 台

当年，挚友远渡重洋，赴美留学。

日暮楼高，关河望远，除夕未觉新年。
尚浅春风，枯槐淡柳寒烟。
客居海外民俗迥，莫似我，独自凭栏。
片无言，一纸难容，万里江山。

一支烟短昔思断，对浓星隐月，句败才残。
再度相知，何时何地何边？
他乡应觉家乡苦，故乡当晓异乡难。
这流年，相近不易，相远不艰。

1996 年春节

南歌子·愁肠

"窈窕淑女，君子好逑。求之不得，辗转反侧。"

昨夜西风紧，无由叩小窗。

柴门落叶满亭廊。

才是中秋，说冷雨斜阳。

城里穿衫乱，世态总炎凉。

雁寻春去驻低墙。

只道天寒，谁解断愁肠？

1990 年 9 月 17 日

中秋月三百二十言

少年多情，友情、亲情、爱情，情情真挚。整理旧稿，发现此诗虽略稚嫩，却反复吟咏，倒也情深意切，不舍弃之，加入小标题留此。

仲秋远思

高挂仲秋月，乳光暗繁星。

玉盘浮碧海，挟风欲辞东。

寒露落禾下，静静若有声。

疲蝉渐入睡，久立神无精。

家母省亲去，室中冷清清。

独立明月下，徘徊小院中。

月明愈自孤，仰首顾远朋。

遥思去年今，赋诗辨雌雄。

相执不相下，延北谢长争。

今年九月七，站台送君行。

激赠别时物，启程泪眼莹。

今夜月如旧，挚朋宜同情。

同情落笔处，吟诗漾随风。

随风千里外，倾耳两相听。

月下孤影

时近夜三更，月高更多情。

风景秋淡淡，寂寞广寒宫。

渺光笼如烟，幽意怅无穷。

秋风时时惰，天上月自明。

心事人不困，仍踱残墙中。

早闻家人睡，伴我月和影。

月下身影动，夜半撼思情。

思情偶出口，角落惊鸡鸣。

婉转又长吟，吟声动三更。

猛悟错晨时，曲颈悄自停。

月如初时明，夜似方才静。

长叹仰天穹，娇娇月如容。

清秋叹月

捧茶依然坐，杯中渐成月。

忽而起微风，茶水荡明波。

明波慢慢停，杯中仍成魄。

人声早已绝，冷落清秋节。

痴情凝如玉，院坐不自觉。

世上无万物，唯有空中月。

1983 年 9 月 22 日

夏 日 思

爱的思恋，犹如当时的阴雨连绵，挥之难去。岁月虽
老，忆之犹新。

风拂湖柳燕低飞，独占佳期不愿归。

久立断桥无过问，多情烟雨少人陪。

1983年7月7日

雨忆荷塘

原序——今天，下起绵绵长雨，回顾去过的临湖荷塘，该是另一番景色吧。

少年气盛，意气风发，家国情怀，已然在心。

湖水明如镜，情语话绵长。

白云遮烈日，低眉柳自赏。

清高叹孤寡，正气满荷塘。

池间游鱼戏，伴君莫忧伤。

1983 年 1 月 29 日

看同学《峡峰》画感

赞高中同学一幅钢笔画。

想来已近四十年，岁月遥遥，不忍回顾。

云雾绕山陵，石惊巢江雁。

不须弄颜色，潇洒江子畔。

1981年10月17日

中秋日后赏月

原序——昨日中秋，阴不见月，今见而咏。

人生最忆少年时。当时的我，心高气傲，胸怀天下。

太空清皎月，浮雪罩平川。

最似中秋魄，唯惜少半边。

1981年9月13日